PORTRAIT
DE
NAPOLÉON BONAPARTE

PAR

TIMON.

TRADUCTION LITTÉRALE

En vers français,

PAR F. COUSIN,

ANCIEN NOTAIRE A LA BASSÉE.

LILLE,

IMPRIMERIE L. DANEL.

1881.

NAPOLÉON BONAPARTE.

PORTRAIT

DE

NAPOLÉON BONAPARTE

PAR

TIMON.

TRADUCTION LITTÉRALE

En vers français,

PAR F. COUSIN,

ANCIEN NOTAIRE A LA BASSÉE.

LILLE,

IMPRIMERIE L. DANEL.

1881.

NAPOLÉON BONAPARTE.

> Ce fils du pauvre gentilhomme Corse, a bien fait dans ce monde la figure d'Alexandre, d'Annibal, de César, de Charlemagne! Du génie il en a autant que ceux d'entre eux qui en ont le plus; Du bruit il en a fait autant que ceux qui ont le plus ébranlé l'univers; Du sang, malheureusement il en a versé plus qu'aucun d'eux......
>
> ... Il a perdu notre grandeur, mais il nous a laissé la gloire qui est la grandeur morale, et ramène avec le temps la grandeur matérielle.
>
> A. THIERS. Hist. du Consulat et de l'Empire.

Quand voulant rajeunir un vieux monde qui croule,
La Providence met une main dans la foule,
Et choisit pour son œuvre Alexandre, César,
Napoléon, ce choix n'est point fait au hasard.
A ces élus, elle a prodigué la puissance
Du corps, et de l'esprit de leur siècle, et d'avance
A leur tâche assignant son développement
Préparé leur grandeur et leur renversement.
La Grèce était à bout de rhéteurs, de poëtes,
De guerres, de plaisirs, de grands hommes, de fêtes
Et de corruption, lorsque soudain s'ouvrit

Le monde asiatique où tout brille et fleurit,
Devant l'ambition qui couvait sous la cendre,
De ce jeune inconnu qu'on nommait Alexandre.
Ivres de liberté, dégoûtés, corrompus,
De gloires fatigués, de conquêtes repus,
Les fils de Romulus saturés de bien-être,
Maitres de l'univers n'attendaient plus qu'un maitre.
Ils laissèrent tomber, ces fiers républicains,
Un sceptre trop pesant pour leurs débiles mains.
César le ramassa, car César était brave,
Il devint dictateur et Rome fut esclave !
La révolution déesse au large vol
Jeune encore espérait rajeunir notre sol ;
Lasses de bouillonner au fond de leur cratère
Ses forces s'élevaient et retombaient à terre,
Cherchant à se répandre en conquêtes dehors ;
Napoléon parait et sans de grands efforts
Il s'en empare et s'il se proclame le maître,
C'est qu'il veut, c'est qu'il peut, c'est qu'il sait aussi l'être.
En despote, il soumet tout à sa volonté,
Esprit, intelligence, honneur et liberté.
Son audace provient, personne ne le nie
De la force qu'il trouve en son puissant génie,
Peut être même a-t-il du génie, à nos yeux,
Par l'unique motif qu'il est audacieux.
Du haut de sa grandeur s'il méprise les hommes
C'est qu'il les juge et sait ce qu'en effet nous sommes.
Il n'aime que la gloire et rien autre ne peut
Remplir le vide immense où son âme se meut.
Pour vivre un peu plus vite il dévore l'espace,

Il dévore le temps qui lui demande grâce.
Il convoite le monde et pour le diriger
Il le prend dans ses mains et le trouve léger.
Et la tête penchée à demi dans l'abîme
Il se met à rêver un trône légitime,
Un pouvoir sans contrôle, unique, universel,
Et dans son fol orgueil, un empire éternel.
Mais lorsque des grandeurs ils ont atteint le faîte,
Qu'ils se croient assez forts, pour braver la tempête,
Ces grands dominateurs sont renversés soudain
Sous les coups imprévus de l'aveugle destin.
La Providence alors nous les donne en spectacle
Pour montrer que tous ceux qui sont sur le pinacle
Et qui posent sur nous leur talon de géant
Sont comme nous aussi bornés par le néant.
Ainsi, rassasié de triomphes, de gloire,
De vin, de voluptés, l'enfant de la victoire,
Alexandre, marqué par le doigt du destin
Meurt à la fleur de l'âge au milieu d'un festin.
César tombe sanglant aux pieds de la statue
De Pompée, où Brutus, son cher Brutus le tue,
Alors que le Sénat servilement flatteur
Lui donnait pour toujours le titre d'Empereur.
Enfin Napoléon dans sa course effrénée
D'ambition, subit aussi sa destinée ;
Il s'arrête et paraît accepter sans regret
La situation que l'Europe lui fait,
Mais c'est quand l'océan dans ses vagues l'enserre
Et l'enferme à jamais sur un roc solitaire.
Napoléon était l'un de ces hommes, nés

Pour le gouvernement des peuples, destinés
A subjuguer le monde; et ces hommes là sentent
Qu'ils sont faits pour chasser les rois qu'ils épouvantent,
Que leur route est tracée et qu'ils n'ont qu'à subir
Ce fatal dénouement : ou régner ou mourir.
   Simples soldats sortis tout frais de la caserne
Ils veulent remplacer le chef qui les gouverne.
Ils ne sont avec nous encore que sujets
Qu'ils parlent comme parle un maître à des valets.
   Napoléon n'était pas né comme Alexandre
Sur les marches d'un trône où le sort pût le prendre,
Ni comme César, né dans un sénat romain;
Mais dès qu'il apparut une épée à la main,
On comprit quil serait ce qu'il prétendait être,
Ce qu'il fut en effet, notre empereur et maître.
A peine a-t-il quitté son aire, cet aiglon,
Ce simple capitaine assiége et prend Toulon.
Général de brigade ardent et téméraire
Seul il organise au treize vendémiaire
Cette grande journée où son ambiticn
A sauvé le pouvoir et la Convention.
Maître de l'Italie, à sa première étape
Il traite avec les rois, il traite avec le pape.
Avec l'autorité farouche d'un sultan
En Egypte il nous fait marcher tambour battant;
Sans lettres de rappel, fort de sa renommée,
Il abandonne un jour et l'Afrique et l'armée;
Il aborde à Fréjus avec quelques amis
Et bientôt en triomphe il arrive à Paris
Où sa présence fait trembler le Directoire;

Et traînant après lui pour rehausser sa gloire
Les autres généraux, tous ses chefs d'autrefois,
Il chasse les conseils, improvise des lois,
Et du gouvernement en mains prenant les rênes
Au gré de son caprice il nous forge des chaînes.
Empereur, sous ses pieds il tient tous ses sujets,
Le corps législatif et le Sénat muets,
L'administration avilie, opprimée
Et la magistrature et le peuple et l'armée.
On peut dire de lui qu'il n'a jamais servi,
Que pas plus que César ne se fut asservi
Aux ordres du Sénat, et pas plus qu'Alexandre
A ceux des Grecs, jamais il n'eût pu condescendre
A plier le genou sous le commandement
D'un maître quel qu'il fut : Roi, peuple ou parlement,.
Et suivant de César le criminel exemple
Il mit la liberté sous cloche dans son temple.
Ces trois hommes portaient des signes apparents
Indiquant qu'ils seraient tous trois des conquérants,
Et que dans leur génie et dans leur destinée
On lirait : Marengo, Pharsale, Chéronée.
C'est par son éloquente et belle diction
Qu'Alexandre capta l'imagination,
Les frivoles instincts, les caprices bizarres
Des Grecs confédérés et des peuples barbares,
Autant que par l'éclat de ses triomphes, car
Aristote l'avait fait orateur. César
Par sa parole ardente et ses phrases hautaines
Dominait à son gré les légions romaines.
Devant Napoléon tous les vieux généraux,

Ardents républicains, les corps électoraux,
Les magistrats, l'armée, et le peuple en délire
Subirent tout-à-coup l'irrésistible empire
Du génie apportant cet emblême nouveau :
La victoire enchainée aux plis de son drapeau.
Ses proclamations monuments de sa gloire
Et ses ordres du jour décrétant la victoire,
Et sa mâle éloquence ont fait de ce soldat
Un profond politique, un grand homme d'Etat.
C'était tout à la fois l'énergique langage
D'un général en chef qui s'adresse au courage,
D'un despote qui parle à des sujets soumis,
Et d'un homme d'Etat qui gronde ses commis.
Complet parfait comme homme et comme militaire,
Il était orateur autant qu'homme de guerre.
Comme il pouvait tout dire il a tout dit, sa voix
Eveillait en sursaut les peuples et les rois.
Quel éclat, quelle force et quel prestige immense
N'a donc point le génie armé de la puissance !
La majesté du titre et du commandement,
La valeur des soldats, leur foi, leur dévouement,
Les victoires sans nombre et les cités conquises,
Les états envahis, l'ampleur des entreprises,
Donnaient à la parole, annonçant les exploits
De ce grand ravageur des peuples aux abois,
Une autorité telle, une telle puissance
Que l'univers entier l'écoutait en silence !
Pour subjuguer le monde et captiver les cœurs,
La fortune l'avait comblé de ses faveurs;
Sa valeur, ses talents guerriers et politiques

Le faisaient comparer aux demi-dieux antiques;
Les premiers de son temps recherchaient son appui
Et les plus grands étaient petits auprès de lui.
Mais ne confondons pas certains mots militaires
Spirituels, avec les harangues guerrières
Dont nous parlons plus loin.
En tout temps. tous pays,
Les mots sublimes ont captivé les esprits,
Ils abondent surtout en pointes vigoureuses
Dans les fastes guerriers des races belliqueuses.
Ecoutez les adieux aux bords de l'Eurotas
D'une mère à son fils qui part pour les combats :
« Va combattre mon fils l'ennemi qui nous brave,
« Reviens avec ou sur ton bouclier, sois brave. »
« Nos traits obscurciront le soleil dans les cieux,
« Tant nous sommes nombreux, dit Xerxés, c'est tant mieux
« Répond Léonidas, nous combattrons à l'ombre. »
César posant le pied sur le rivage sombre
D'Afrique, tombe et crie : « Afrique je te tiens! »
Henri quatre à Coutras se dégageant des siens
Dit : « Ne m'offusquez pas, messieurs, je veux paraître. »
Villars mourant s'écrie : « Oh que Berwick doit être
« Bien plus heureux que moi, (je l'avais toujours dit,)
« Car un boulet le tue et je meurs dans mon lit! »
« Pour avoir le plaisir de me battre, j'estime
« Que je ne suis ici qu'un hussard qui s'escrime. »
C'est ainsi que parlait au plus fort du combat
Larochejaquelin général et soldat.
Et ce mot de Kléber sous le canon qui gronde :
« Vous êtes Bonaparte, aussi grand que le monde! »

Aux champs de Marengo l'intrépide Desaix
Exprimait en mourant ses suprêmes regrets ;
Voici de ce héros la dernière parole :
« Allez dire au Consul que mon âme s'envole
« Et que le grand regret de mon cœur attristé
« Est d'avoir trop peu fait pour la postérité. »
De ces sublimes mots nos annales sont pleines,
Ils sont de généraux en chef, de capitaines,
De sergents, de tambours et de simples soldats.
« Feu, feu ! la garde meurt elle ne se rend pas ! »
« Quand le canon se tait mes grenadiers s'ennuient. »
« Commencez les premiers. »
« Je meurs, mais ils s'enfuient ! »
« A moi d'Auvergne, à moi, ce sont les ennemis ! »
« Je finis sans regrets, je meurs pour mon pays. »
« Il me reste une main, je puis battre la charge ! »
« Fussiez-vous l'empereur, vite passez au large. »
Napoléon a dit avec profusion
Une foule de mots fiers, à sensation.
Sous les murs de Toulon : « Monsieur le commissaire,
« Faites votre métier, le mien je vais le faire. «
Sur le pont foudroyé d'Àrcole, sabre au poing :
« En avant ! suivez moi je ne recule point ! »
Aux plaines de Memphis, sous les rayons splendides
D'un soleil africain :
« Du haut des pyramides
« Vingt siècles étonnés vous contemplent, soldats. »
C'est ainsi que devait parler Léonidas.
A Léoben pendant que l'Archiduc s'explique
Sur le traité :

« Sachez que notre République
« Est comme le soleil, elle guide nos pas,
« Bien aveugle est celui qui ne l'aperçoit pas, »
A Marengo :
« Sachons mépriser la mitraille
« Car nous devons coucher sur le champ de bataille. »
Aux soldats révoltés, à Turin :
« Ce drapeau
« Que vous quittez, voilé d'un funèbre bandeau,
« Sera pour votre honte, aux colonnes du temple
« Du Dieu Mars outragé, suspendu pour l'exemple. »
A Friedland, au premier coup de canon : « Bravo!
« C'est un jour de bonheur, car c'est de Marengo,
« Dit-il l'anniversaire! »
Au régiment de ligne
Qui n'a plus son drapeau :
« Soldats et votre insigne?
« Qu'est devenu votre aigle, à qui l'a-t-on rendu?
« Le régiment qui perd son aigle a tout perdu.
« — Nous en avons pris deux en échange du nôtre.
« — C'est bien, dit-il, alors je vous rendrai le vôtre. »
En offrant à Moreau deux riches pistolets
artistement ornés :
« Général, je voulais
« Pour payer mon tribut au héros de nos gloires,
« Y buriner le nom de toutes vos victoires,
« Mais la place manquait, et je dus m'abstenir. »
Au grenadier de guet qu'il surprend à dormir :
« Après tant de combats, de fatigues, de veilles
« Il n'est pas étonnant, ami, que tu sommeilles. »

Sa sentinelle un jour réclame son appui
Contre Joubert qui veut pénétrer jusqu'à lui :
« Celui qui du Tyrol força les citadelles
« Peut bien, dit-il, parfois forçer les sentinelles.
Au général de cour jalousant ses rivaux :
« Monsieur ce n'est pas moi qui fais les maréchaux,
« C'est la victoire seule.
Au jeune officier russe
Qui lui disait : hélas! Fallait-il donc que j'eusse
La douleur de survivre aux maux de mon pays :
« Consolez-vous, jeune homme, et calmez vos esprits,
« On peut être battu par mon armée, et croire
« Que l'on possède encor des titres à la gloire. »
Au pauvre maréchal duc de Montebello
Fracassé d'un boulet couché sur un drapeau
Près de l'état-major qui tristement s'écarte :
« Lannes! C'est ton ami! C'est moi, c'est Bonaparte! »
A l'armée, en ouvrant dans son orgueil outré
La funeste campagne où la gloire a sombré :
« Puisque fatalement les Russes nous trahissent
« Soldats! Que par vos mains leurs destins s'accomplissent! »
Au grand jour que l'histoire appela Moscowa
Un soleil sans nuage au matin se leva :
« C'est, dit-il, le soleil d'Austerlitz qui se lève! »
A Montereau, craignant qu'un boulet ne l'enlève,
Ses grenadiers criaient : gare au boulet perdu.
« Celui qui me tuera n'est point encor fondu. »
Au retour à Grenoble, un régiment balance,
Poitrine découverte au devant il s'élance :
« S'il en est parmi vous un seul qui veuille ici

« Tuer son empereur, il le peut, me voici ! »
Mais c'est surtout dans les harangues militaires
Que de Napoléon les phrases légendaires
Brillent. Il s'improvise orateur magistral
Comme il s'improvisa tout d'abord général.
Ce qui surprend surtout, c'est qu'il sait, à son âge,
Agir comme un héros et parler comme un sage,
C'est aussi la finesse et la fécondité
De son brillant génie éclatant de fierté.
En toute occasion, il instruit, il éclaire,
Il sait ce qu'il doit dire, il sait ce qu'il doit faire,
On ne le lui dit pas, cependant il le sait.
Souple quand il convient, avec le Pape il est
Humble et respectueux, tout en prenant ses villes.
Avec le prince Charle, aux manières civiles
D'un chevalier, il joint la hauteur d'un égal.
Un prince n'est pour lui pas plus qu'un général.
Il veut la discipline, il hait les anarchistes,
Il cherche les savants, il aime les artistes,
Il est le protecteur de la propriété,
De la religion et de l'humanité,
Il fait pour le clergé qui le popularise
Mettre une sentinelle aux portes de l'église,
Et pour chaque dimanche il fait mettre au rapport :
Soult entendra la messe avec l'état-major ;
Pratiquant d'Henri quatre en cela la devise
L'Eglise le protège, il protège l'Eglise.
S'il le faut, en Egypte il mettra le turban,
Même il récitera les versets du Coran.
Il creuse des canaux, il construit des redoutes,

Il passe des marchés, il établit des routes ;
Du comptable il exige un rôle et des états,
Il crée il organise et fait des magistrats.
A peine a-t-il d'un jour conquis un territoire
Qu'il l'administre, et sans écrire au Directoire,
Il traite fièrement sur l'affût d'un canon
Au nom de Bonaparte en son propre et seul nom.
Ce n'est pas seulement en généralissime
Qu'il débute, mais c'est en maître légitime.
Tous les vieux généraux parlent en frémissant,
A ce soldat d'hier guerrier adolescent.
Comment soutiendraient-ils cette parole brève
Qui vole comme un trait et perce comme un glaive?
Ce regard qui les charme et cette volonté
Qui les subjugue enfin, par sa ténacité?
Si pour nos libertés en silence ils soupirent,
Rangés auprès de lui sans réserve ils l'admirent !
Attirés, contenus par ce soldat heureux,
Ils se taisent !.... L'armée entière fait comme eux.

Chez nous, chez les anciens, ni dans aucune langue
Nul ne sait comme lui tourner une harangue ;
Il semble que sa voix vibrante dans les airs
Descend d'une montagne et parle à l'Univers.
On dirait que lui-même a plus de cent coudées;
Nul autre ne saurait traduire ses idées.
Il pense, dicte, ordonne, et chaque ordre prend rang
Dans les divers endroits qu'il traverse en courant.
Il commande partout où peut porter sa vue,
De l'Europe et du monde il passe la revue.
Son armée est la grande armée en action,

Et sa nation est la grande nation;
A son gré du pommeau de son épée, il scelle
Les royaumes nouveaux, qu'il prend sous sa tutelle,
Ou par un *Sic Volo*, de la carte, et d'un trait,
Il efface un empire ancien qui lui déplaît.
Les Rois, les Empereurs briguent ses sympathies
Et de lui seul dépend le sort des dynasties,
Car au bruit de la foudre il dicte avec dédain
Pour elles, sans appel, les arrêts du destin.
  Son langage pompeux et qui sent la férule
Prendrait mal de nos jours et serait ridicule.
Les fanfares de guerre, aussi vieilles que lui,
Ne sont plus à la mode et font rire aujourd'hui.
On a d'autres besoins comme d'autres idées,
Changeant de préjugés, on court d'autres bordées.
La révolution avait tout ébranlé,
Tout détruit, tout refait et tout renouvelé;
Aussi chacun alors courant à l'aventure,
Cherchait dans l'inconnu même, une dictature.
  Napoléon, pour toi Dieu nous fit ce temps là,
Et ce fut pour ce temps que ton astre brilla !
  Jeune et rempli d'audace il vole en Italie;
Aussitôt à sa voix on se range, on se plie
Et l'armée a trouvé dans ce soldat d'hier
Un général en chef pour remplacer Schérer.
A peine aperçoit-il les sentiers de la gloire,
Qu'il fond sur l'ennemi pour brusquer la victoire.
Je lis et je relis avec émotion
Dans nos grands bulletins la proclamation,
Que voici, de ce chef qui n'a vu que cinq lustres

Et qui compte déjà parmi les plus illustres !
« Honneur à vous, soldats, fils de la liberté !
« En moins de quinze jours, vous avez remporté
« Six victoires, et pris des forts, des citadelles,
« Des drapeaux, des canons et des villes rebelles,
« Vous avez fait de plus quinze cents prisonniers,
« Et dix mille ennemis sont tombés à vos pieds.
« Vous êtes les égaux, vous aurez la légende
« Des hardis conquérants vainqueurs de la Hollande.
« Vous avez culbuté l'ennemi sans canons,
« Et vous avez passé des rivières, sans ponts,
« Sans souliers et sans pain, brisant tous les obstacles,
« Pour vaincre vous avez accompli des miracles.
« Vous étiez dénués de tout, et néanmoins
« Vous sûtes suppléer à tout, sur tous les points.
« Soldats républicains, héroïques phalanges,
« La France par ma voix proclame vos louanges.
« Nuls ne sauraient atteindre où vous avez porté
« L'amour de la patrie et de la liberté !
« Des rois et des tyrans les troupes éperdues
« A votre vue ont fui, grâces vous soient rendues !
« Mais tout n'est pas fini, sachez persévérer,
« Car vous avez encor des combats à livrer,
« Des fleuves à franchir, et des villes à prendre.
« En est-il parmi vous qui voudrait s'en défendre ?
« En est-il un, un seul pour nous abandonner
« Et qui préférerait aujourd'hui retourner
« Sur les monts Apennins, lui, compagnon des braves,
« Essuyer les mépris de ces hordes d'esclaves ?
« Non, non, je vous entends tous répondre à l'envi :

« Nous étions près de vous au feu sous Mondovi!
« Amis, je vous promets de rapides conquêtes,
« Des combats glorieux, de magnifiques fêtes,
« Mais ne soyez jamais des peuples les fléaux,
« Et tous les opprimés salueront nos drapeaux! »
Cette mâle harangue électrise l'armée
Avide de succès et de gloire affamée,
Aussi Napoléon ne fit plus que marcher,
Comme un triomphateur, de clocher en clocher,
Dans sa belle campagne à travers l'Italie,
Offrant la liberté qu'à la gloire il allie,
Et des destins meilleurs. Il entre dans Milan
Disant à ses soldats pour doubler leur élan :
« Comme un torrent du haut des Apennins stériles
« Vous vous êtes lancés dans ces plaines fertiles;
« Les peuples délivrés tombent à vos genoux
« Le Piémont est libre et Milan est à vous.
« Vos glorieux drapeaux, que l'Univers vénère,
« Protégent sous leurs plis la Lombardie entière.
« Ces remparts si vantés des peuples affranchis,
« Le Tessin et le Pô, vous les avez franchis.
« Vos épouses, vos sœurs, vos mères vous bénissent,
« Bénissent vos exploits et s'en énorgueillissent.
« Soldats! pour la patrie et pour la liberté
« Vous avez beaucoup fait, mais la Postérité
« Dira-t-elle : — C'étaient des braves, je l'avoue,
« Mais dans la Lombardie ils ont trouvé Capoue ? —
« Partons! Il en est temps, il ne faut pas faiblir,
« Car nous avons encore des lauriers à cueillir,
« Des leçons à donner, des peuples à convaincre,

« Des méfaits à venger, des ennemis à vaincre.
« Réveiller les Romains trop longtemps engourdis,
« Relever, exhumer Rome de ses débris,
« Rétablir la concorde et la paix sur la terre,
« Voilà, soldats, voilà ce qui vous reste à faire!
« Vous rentrerez alors contents dans vos foyers
« Et vos concitoyens, qui de vous seront fiers,
« En vous montrant diront : — Que personne n'oublie
« Que ce brave a pris part aux guerres d'Italie! »
Quel autre capitaine avait-il donc jamais
Tenu pareil langage à des soldats français ?
Ils etaient fous de lui. Par sa seule faconde
Il les aurait conduits jusques au bout du monde.
C'était déjà son rêve, et ce rêve flatteur
Il le faisait bientôt pénétrer dans leur cœur.
Voyez comment il traite et comment il exalte
Ses soldats d'Italie, alors qu'un jour vers Malte,
Toutes voiles dehors, plein d'espoir il cinglait
Et comme il leur dévoile à moitié le secret
De l'expédition d'Egypte :
« Allez au Caire
« Mais en passant, soldats, regardez l'Angleterre!
« Vous avez fait la guerre en plaine et sur les monts,
« Escaladé des murs et fait sauter des ponts,
« Vous avez accompli des actions sublimes,
« Mais vous n'avez pas fait de guerres maritimes.
« La France est le flambeau des autres nations ;
« Souvenez-vous de Rome... Eh bien, ses légions
« Dont vous avez parfois imité le courage
« Vaillamment, tour à tour, ont combattu Carthage

« Sur cette mer, et dans les plaines de Zama.
« Si le fer ennemi souvent les décima
« Au devoir, à l'honneur elles furent fidèles,
« Je tiens à vous donner ces braves pour modèles !
« L'Europe vous regarde ! Apprenez sans faiblir
« Les immenses travaux qu'il vous faut accomplir ! »
Lorsque du haut des mâts la flotte en son mouillage
Découvre Alexandrie et son charmant rivage,
Bonaparte rêvant à ses futurs destins
Laissant ouvertement éclater ses desseins :
« Oui, Français, vous ferez des conquêtes durables
« Dont les heureux effets seront incalculables
« Et pour votre patrie et pour le monde entier.
« Je veux sur ce rivage aborder le premier,
« Et la première ville où vous allez descendre
« Fut bâtie en ces lieux par le grand Alexandre. »
En chef habile il veut connaître en même temps
Les forces du pays les mœurs des habitants ;
Dans les sables d'Égypte aussitôt qu'il pénètre
Il étudie à fond les peuples à soumettre ;
Il s'aperçoit bientôt que si les Égyptiens
Fanatiques zélés, n'aiment pas les chrétiens,
Ils détestent bien plus l'orgueil, les avanies,
Et les exactions trop longtemps impunies
Des Mamelucks. Aussi flattant leurs préjugés,
Il leur parle déjà comme à des protégés,
Et prenant d'un croyant les mœurs et le langage
Il leur adresse en turc cette admirable page :
« Cadix, Cheiks, Chorbadgys, Imans, on vous dira
« Que je suis un Ghiaour, un chien, un scélérat,

« Que sectateur maudit, j'arrive pour détruire
« Votre religion, vous vaincre ou vous séduire :
« Ne le croyez pas, car je respecte vos lois.
« Répondez que je viens pour rétablir vos droits
« Et punir sans retard avec votre alliance
« De vos usurpateurs la morgue et l'insolence,
« Et que je veux aussi respecter en ce lieu
« Plus que les Mamelucks votre prophète et Dieu.
« Allez donc expliquer au peuple qui nous sommes,
« Et dites-lui surtout qu'ici bas tous les hommes
« Sont égaux devant Dieu. Les actes vertueux
« Et les talents seuls font la différence entre eux.
« Chez vous les Mamelucks possèdent sans entraves
« Les plus belles maisons, les plus belles esclaves.
« Tout semble appartenir à ces usurpateurs,
« Les produits sont pour eux et pour vous les labeurs.
« En vertu de quel droit sont-ils propriétaires
« Des chevaux les plus beaux et des plus belles terres ?
« Si l'Égypte est le lot qui leur fut assigné,
« Qu'ils montrent le contrat que Dieu leur a signé !
« Mais ne les croyez pas, car Dieu, l'Être suprême
« Est juste autant que bon pour le peuple qu'il aime.
« Tous indistinctement rentreront dans leurs droits
« Et seront appelés à gérer les emplois.
« Que les plus éclairés ainsi que les plus sages
« Accueillent les Français débarqués sur ces plages,
« Qu'ils gouvernent le peuple, et le peuple comme eux
« Délivré des tyrans pourra se dire heureux.
« On admirait jadis chez vous de grandes villes,
« Des canaux arrosant des campagnes fertiles,

« Un commerce étendu ; qui donc a tout détruit
« Et livré le pays aux ombres de la nuit,
« Si ce n'est des Mamluck, ces oppresseurs perfides,
« L'orgueil, la tyrannie, et les instincts sordides?
« Cadis, Cheiks, Chorbadgys, ainsi que vous Imans
« Nous sommes, croyez-le, comme vous Musulmans.
« N'avons-nous pas puni le Pape qui naguère
« Sollicitait les rois à vous faire la guerre ?
« Et ne sommes-nous pas les amis des sultans ?
« Trois fois heureux ceux qui seront nos partisans !
« Ils garderont leur rang, leurs charges, leur fortune.
« Heureux ceux qui seront neutres et sans rancune !
« Ils auront le loisir d'étudier nos goûts
« D'accepter nos bienfaits et de se joindre à nous.
« Trois fois malheur à ceux qui combattront la France
« Avec les Mamelucks ! Pour eux pas d'espérance ! »
Les révoltés du Caire avaient été sabrés
Et tous les Égyptiens en étaient attérés.
Bonaparte le voit, aussitôt il s'empare
De la crédulité de ce peuple barbare
Pour poser devant lui non en simple mortel
Mais comme un saint prophète, un envoyé du ciel,
Un homme du destin dont la main redoutable
Tenait des vrais croyants le sort inévitable.
« Fidèles sectateurs de Mahomet, Cadis
« Faites connaître à tous que tous mes ennemis
« Subiront les arrêts d'un inflexible juge,
« Qu'ils seront pourchassés, et n'auront de refuge
« Ni dans les temps présents ni les temps à venir,
« Qu'ils trouveront partout un bras pour les punir,

« Qu'ils n'auront ici-bas rien pour poser la tête,
« Et qu'ils ne pourront pas voir au ciel le prophète....
« Bien aveugles sont ceux qui ne comprennent pas
« Que le destin lui-même a dirigé mes pas !
« Dites au peuple aussi que rien ne peut m'abattre,
« Que si quelqu'insensé prétendait me combattre,
« Il serait à l'instant par Mahomet maudit,
« Que depuis que le monde est monde, il est écrit
« Qu'après avoir partout chassé le despotisme,
« Réprimé les abus, protégé l'Islamisme,
« Fait abattre les croix, relevé le croissant,
« Je viendrais en prophète au nom du Tout-Puissant
« Du fond de l'Occident jusqu'aux murs de Médine
« Accomplir près de vous ma mission divine.
« Le Coran, ce saint livre, en plus de vingt versets,
« Donne explique et prévoit tout au long mes hauts faits.
« De vos projets secrets je puis suivre les trames
« Car je sais tout, je lis dans le fond de vos âmes;
« Mais tout le monde un jour et ce jour est prochain
« Verra que j'accomplis les ordres du destin,
« Et que tous les efforts d'un impuissant courage
« Ne sauraient retarder un instant mon passage. »
Puis au dix-huit brumaire alors qu'il est entré
Avec ses grenadiers dont il est adoré,
Et son état-major qui sur ses pas se presse
Au conseil des Cinq Cents, fièrement il se dresse
Ainsi qu'un souverain à qui tout est permis
Et qui va faire rendre un compte à des commis,
Et par l'autorité que donne la victoire
En maître il apostrophe ainsi le Directoire :

« Je ferai respecter les pouvoirs que je tiens
« Du décret de ce jour, sachez-le citoyens ;
« Mais vous qu'avez-vous fait de cette belle France
« Que j'avais confiée à votre vigilance ?
« Je vous avais laissé la concorde, la paix,
« Les trésors d'Italie et l'abondance, mais
« Je retrouve partout le désordre et la guerre
« Les spoliations, la gêne et la misère....
« Enfin qu'avez-vous fait des cent mille français
« Que je connaissais tous, ces frères que j'aimais ?
« Ils sont morts ! N'est-ce pas par votre impéritie ? »
La veille d'Austerlitz sans bruit il initie
Vivement son armée aux inspirations
De son génie ; il prend ses dispositions.
« Les ennemis, dit-il, vont en tournant ma droite
« Me présenter le flanc. Tactique maladroite.
« Moi je vais diriger, soldats, vos régiments
« Et présider moi-même à tous vos mouvements.
« Je serai loin du feu : si comme toujours, braves
« Relevant le défi de ces hordes d'esclaves
« Vous portez dans leurs rangs sans hésitation
« La terreur, le désordre et la confusion.
« Mais si pour un moment le sort vous abandonne
« Je veux au premier rang payer de ma personne.
« Vous êtes les premiers soldats du monde, au feu
« Vous ne l'oublierez pas, votre honneur est en jeu.
« Courage mes enfants et que cette victoire
« Finisse la campagne et vous couvre de gloire,
« La paix que nous ferons alors sera je croi,
« En tout digne de vous, de la France et de moi ! »

Quelle grandeur! Avec quel ton autoritaire
Il semble commander aux destins de la guerre!
Son discours aussitôt après la bataille, est
Un chef-d'œuvre admirable, un modèle parfait
D'éloquence guerrière; on l'écoute, on l'entoure,
Il se mêle aux soldats, il vante leur bravoure,
Il vient leur rappeler leurs exploits glorieux,
Dire ce qu'ils ont fait et ce qu'on dira d'eux;
Pas un seul mot des chefs; les soldats et le maître,
C'est Napoléon seul, lui seul qu'il faut connaître,
Car de toute l'armée il est le seul appui,
Les autres ne sont rien, c'est lui, c'est toujours lui.
Pour perspective il met devant leurs yeux, la France,
L'honneur pour souvenir, la paix pour récompense,
Les faveurs de l'histoire et le repos enfin.
Ciel! Quel commencement et surtout quelle fin!
« Je suis content de vous, soldats, votre victoire
« Décore vos drapeaux d'une immortelle gloire.
« Cent mille combattants, valeureux défenseurs
« Du pays, commandés par les deux empereurs
« De Russie et d'Autriche, en quatre heures à peine
« Ont été dispersés ou couchés dans la plaine,
« Et ceux qui sous vos coups n'ont pas été broyés
« Ont été culbutés dans les lacs et noyés.
« Deux empereurs vaincus sous les yeux de la Prusse,
« Les aigles de la garde impériale russe,
« Vingt mille prisonniers et quarante drapeaux,
« Cent vingt bouches à feu, plus de vingt généraux,
« Voilà le résultat immense, incomparable,
« D'une telle journée à jamais mémorable.

« Cette brillante armée, elle n'existe plus;
« Ces hardis cavaliers, vous les avez vaincus;
« Ces rudes fantassins, supérieurs en nombre,
« Se sont évanouis devant vous comme une ombre,
« A votre premier choc ils n'ont pu résister,
« Vous n'avez désormais plus rien à redouter.
 « Quand le peuple français me remit la couronne
« Je vous ai dit : soldats, c'est à vous que je donne
« Le soin de maintenir son éclat glorieux
« Si vous voulez qu'elle ait quelque prix à mes yeux.
« Rentrés en France après les travaux les plus rudes
« Vous y serez l'objet de mes sollicitudes
« Vous serez entourés des soins affectueux
« De votre général et vous vivrez heureux,
« Et plus tard quand les ans courberont votre taille,
« Ceux à qui vous direz : J'étais à la bataille
« D'Austerlitz, répondront pleins de respect pour vous
« Celui-là, c'est un brave, amis, découvrons-nous! »
 Il choisit d'Austerlitz le jour anniversaire
Pour parler aux soldats des souvenirs de guerre,
Il étale à leurs yeux les immenses butins
Que les Russes en fuite ont laissés dans ses mains,
Enfin pour enflammer leur ardeur pour la gloire
Il redit la bataille, il retrace l'histoire
Des régiments entiers aux lacs ensevelis.
« Nous sommes, eux et nous, les soldats d'Austerlitz! »
Quel style !
 « A pareil, jour à pareille heure même
« De l'an dernier, soldats, dans les champs de Bohême
« Les Russes devant vous fuyaient épouvantés.

« Leurs alliés d'alors depuis les ont quittés.
« Leurs magasins remplis d'objets de toutes sortes
« Et leurs camps retranchés avec leurs places fortes,
« Et leurs provisions avec leurs arsenaux,
« Sept cents bouches à feu, près de trois cents drapeaux
« Sont en notre pouvoir. Voilà votre besogne.
« Les arides déserts, remparts de la Pologne,
« Les torrents débordés, l'Oder et la Warta
« Et les plus mauvais temps, rien ne vous arrêta.
« Vos immenses travaux sont des travaux d'Hercule.
« L'aigle française plane aux bords de la Vistule.
« En vous voyant passer, les populations
« Croient de Sobieski revoir les légions.
« Tant que les nations par la concorde unies
« Ne restitueront pas avec nos colonies
« Au commerce français sa liberté, soldats,
« Quoiqu'amis de la paix nous ne la ferons pas.
« Vos exploits apprendront au monde qui vous êtes;
« Sur l'Elbe et sur l'Oder s'étendent vos conquêtes;
« Nos établissements des Indes sont debouts,
« Pondichéry, le Cap désormais sont à nous.
« Qui donc pourrait donner aux Russes l'espérance
« De balancer un jour les destins de la France!
« Vont-ils lutter encor?... Que leurs vœux soient remplis:
« Nous sommes, eux et nous, les soldats d'Austerlitz! »
Il ouvre bruyamment la campagne sanglante
De Prusse, il est concis, sa parole est brûlante,
C'est la foudre qui gronde et prête d'éclater
Qu'aucun obstacle humain ne saurait arrêter:
« Me voici dans vos rangs, le monde vous regarde,

« Du grand peuple, soldats, vous êtes l'avant-garde.
« Vous ne devez rentrer en France que vainqueurs
« Sous des arcs de triomphe et couronnés de fleurs.
« Eh quoi! Vous n'auriez donc bravé l'intempérie
« Des saisons, les déserts et les mers en furie,
« Soumis les rois, vaincu toutes les nations,
« Dispersé le faisceau des coalitions,
« Étalé votre gloire aux rivages du More,
« Promené vos drapeaux du couchant à l'aurore,
« Que pour rentrer en France en transfuges honteux
« Et pour entendre dire : on tremblait devant eux,
« Le monde tout entier ne pouvait leur suffire,
« Ils rêvaient de fonder un éternel empire,
« Des peuples opprimés ils brisaient les liens,
« Eh bien! Leur aigle a fui devant les Prussiens?
« Puisque notre indulgence est prise pour faiblesse
« Et n'a pu dissiper leur étonnante ivresse,
« Lançons-nous en avant, bientôt ils apprendront
« Si le grand peuple sait se venger d'un affront.
« S'il offre à ses amis une main tutélaire
« Ses ennemis sauront ce que vaut sa colère,
« Plus terrible cent fois que les flots irrités,
« Elle passe en brûlant les champs et les cités! »
En entrant à Berlin, sa parole enflammée
Exalte, enorgueillit son invincible armée,
Qui vole comme un trait, passe comme un torrent
Et cueille des moissons de lauriers en courant.
« Avec une valeur, soldats, que rien n'égale,
« Nous avons en sept jours franchi l'Elbe et la Saale,
« Traversé les forêts des états bavarois,

« Toute la Franconie aux défilés étroits,
« Livré quatre combats, une grande bataille
« Et salué Berlin aux bruits de la mitraille.
« Nous fîmes en sept jours ces œuvres de Titans,
« Ce que n'eussent pas fait nos pères en sept ans.
« Or, nous campions déjà sur les bords de la Sprée,
« Que la cour à Postdam tout-à-fait rassurée
« Faisait complaisamment mille projets divers
« Sur ce qu'elle pourrait tirer de nos revers,
« Car elle nous croyait encore à la frontière
« Que son armée était détruite ou prisonnière,
« Et que nous avions pris soixante-cinq drapeaux
« Près de six cents canons plus de vingt généraux,
« Cependant la moitié de vous au moins regrette
« De n'avoir point encor croisé la baïonnette,
« D'être entré dans Berlin sans le moindre péril
« Et sans devoir tirer un seul coup de fusil.
« Nous mettrons les scellés sur cette monarchie
« Et si la Prusse est digne un jour d'être affranchie,
« Du Rhin jusqu'à l'Oder, sous notre autorité
« Le peuple aura sa part de notre liberté. »
En relevant d'Eylau les funèbres épaves
Il voulut honorer le trépas de ses braves :
« Sur les rangs ennemis nous nous sommes lancés,
« Bientôt l'épée aux reins nous les avons chassés
« A travers plaines, monts, villes et banlieues
« Pendant l'espace au moins de quatre-vingts lieues,
« Les poussant devant nous sans trêve ni repos
« Nous avons enlevé leurs canons, leurs drapeaux,
« Tué, pris ou blessé quarante-cinq mille hommes

« Et soumis à nos lois les pays où nous sommes,
« Et nos braves guerriers restés, dans ces combats,
« Sont tombés avec gloire et mort en vrais soldats ! »
A Friedland, c'est encor mêmes flots oratoires,
L'énumération pompeuse des victoires :
« Nous avons pris, dit-il, braves comme toujours,
« Cent pièces de canons, sept drapeaux en dix jours,
« Et dans ces champs peuplés jadis par les Borusses,
« Tué, pris ou blessé soixante mille Russes.
« Kœnisberg est à nous, son port, ses magasins
« Et ses munitions sont tombés en nos mains ;
« Nous avons pris avec cette place de guerre
« Deux cent mille fusils fournis par l'Angleterre.
« Quelle rapidité pour franchir le chemin
« Des bords de la Vistule aux bords du Niemen !
« Austerlitz, ce grand jour dans les fastes de guerre,
« Fut du couronnement la fête anniversaire ;
« Cette année, à Friedland, pour l'honneur du drapeau
« Vous avez dignement célébré Marengo.
« Vous êtes, vous soldats de notre grande armée,
« Dignes de moi, de vous et de la renommée ! »
On revoit des points noirs surgir à l'horizon,
L'Autriche hésite, il faut punir sa trahison :
C'est en mil huit cent neuf, à l'armée il confie
Ses desseins, il la flatte, il se l'identifie,
Il vit pour elle, il veut la défendre toujours.
Quel élan militaire on trouve en ce discours !
« Soldats, vous le savez, c'est en votre présence
« Que l'empereur d'Autriche implora ma clémence ;
« Il vint à mon bivouac implorant ma pitié

« Me jurer une franche et fidèle amitié.
« Trois fois par vous vaincue et par vous pardonnée
« L'Autriche fut trois fois au parjure entraînée !
« Mais nos succès passés sont un signe éclatant
« Et de notre victoire et du sort qui l'attend.
« Marchons, que l'ennemi trompé dans son attente,
« En voyant ses vainqueurs recule d'épouvante ! »
Puis contre les Anglais, avec la même ardeur
A ses troupes à Naple il épanche son cœur.
Sa parole de feu semble jaillir de source
Et se précipiter, brûlante, dans sa course.
« Soldats, marchez, sachez profiter du hasard,
« Vous rencontrez enfin le triple Léopard.
« Quoi ! ces tyrans des mers osent quitter leurs îles
« Et placer devant vous leurs bataillons débiles !
« Ils ne se cachent plus, ce sont bien des Anglais,
« Marchez donc, dans les flots, soldats, culbutez-les.
« Je vous promets sur eux un triomphe facile.
« Souvenez-vous qu'ils ont dans les ports de Sicile
« Par surprise égorgé mes plus braves soldats
« Qui revenaient d'Égypte après mille combats,
« Échappés par miracle aux périls des naufrages.
« Enfin c'est donc ici, c'est sur ces mêmes plages
« Que vont être vengés vos frères abusés.
« Et vous, mânes plaintifs, vous serez apaisés ! »
S'il harangue l'armée en quittant l'Allemagne,
S'il lui fait espérer de conquérir l'Espagne,
C'est qu'il croit rencontrer enfin l'occasion
D'abattre pour toujours la perfide Albion ;
« Vous avez en vainqueurs, grâce à votre génie,

« Au galop parcouru toute la Germanie ;
« Sans même vous laisser reposer un moment
« Je vous fais traverser la France vivement,
« Car j'ai besoin de vous, soldats, on nous outrage,
« Le hideux Léopard souille les bords du Tage,
« Et comme châtiment de sa témérité,
« Il faut qu'à votre aspect il fuie épouvanté !
« Vos aigles couvriront bientôt la Péninsule,
« Et vous ferez trembler les colonnes d'Hercule !
« Vous avez surpassé tous vos contemporains,
« Soldats, mais avez-vous égalé les Romains
« Qui soumirent pendant une seule campagne
« L'Euphrate et l'Illyrie et le Rhin et l'Espagne? »
Près de la Moscowa pensif et soucieux
Napoléon rêvait l'œil tourné vers les cieux ;
Mais avant d'engager cette lutte fatale
Où devaient s'immoler tant d'hommes, il étale
Aux yeux de ses soldats prompts à s'énorgueillir,
La moisson de lauriers qu'il leur reste à cueillir.
« De joie et de bonheur que votre âme tressaille,
« Car voici le grand jour, le jour de la bataille !
« Tout est prêt, l'ennemi s'arrête et vous attend,
« C'est de vous qu'aujourd'hui la victoire dépend.
« Elle vous donnera le repos, l'abondance,
« De bons quartiers d'hiver un prompt retour en France.
« Le soleil apparaît ceint d'un nimbe sanglant
« C'est pour vous rappeler Austerlitz et Friedland,
« Et la postérité citera dans l'histoire
« Ce que vous aurez fait aujourd'hui pour la gloire,
« Et l'on dira de vous en pliant le genou

« C'est un brave, il était sous les murs de Moscou ! »
Nous sommes arrivés au haut de la montagne
Avec le soleil, mais la fatigue nous gagne
En suivant ce héros qui semblait tenter Dieu ;
Il faut rentrer dans l'ombre : arrêtons-nous un peu.
La gloire astre trompeur s'éteint à bout de luire :
La sainte liberté seule doit nous séduire,
Elle seule résiste aux injures des temps
Seule elle se répare en ses épuisements ;
Plus elle se répand et plus elle est féconde.
Pourquoi Napoléon futur maitre du monde
Ne se jeta-t-il pas avec sincérité
Dans les bras de la France et de la liberté ?
S'il eut guidé les pas, lui le grand capitaine,
De la démocratie active européenne,
N'eut-il pas renversé mieux qu'avec ses soldats
Tous les rois de l'Europe et tous les potentats ?
Il ne l'a pas voulu, c'est qu'il fut ce me semble
Plus despote à lui seul que tous les rois ensemble.
Trop nouveau pour les rois jaloux qu'il fustigea,
Pour les peuples enfin trop ancien déjà,
Napoléon perdit toutes les sympathies
Des peuples et des rois. Alors les dynasties
Comprenant qu'il fallait un autre point d'appui
Soulevèrent partout les peuples contre lui.
On peut prendre d'assaut une ville affamée,
Le nombre et la valeur triomphent d'une armée
Mais d'une nation on ne triomphe pas
Les hivers au besoin remplaçent ses soldats.
Le talent, le succès, la foi, l'intelligence

Ne peuvent jamais rien contre l'indépendance
Des peuples. C'est la loi, loi de moralité
Qu'un génie éternel dicte à l'humanité.
Napoléon devait donc périr, et sa chute
Ne pouvait sur les temps gagner une minute.
Aux forces du pays, cet homme au cœur d'airain
Près de sombrer voulut se retremper enfin.
De la France épuisée, il requit l'assistance,
Mais son *Moi*, moi fatal faisait peur à la France.
Le lion menacé par l'épieu du chasseur
Acculé dans son antre est beau dans sa fureur,
Ainsi Napoléon pour dernière espérance
Pense à la nation et s'adosse à la France ;
Mais ces revirements arrivent en retard,
Une voix dans le ciel lui crie : il est trop tard !
Qu'il est triste de voir ce grand et noble empire
Qui se détraque comme un vaisseau qui chavire,
Et qui craque en ses ais, condamné sans appel
Des Alpes à Hambourg et de Rome au Texel ;
Ces nombreux guet-à-pens, ces pourparlers dans l'ombre ;
Ces efforts d'un héros dont la fortune sombre ;
Ce prestige qui passe, et ce pouvoir qui fuit ;
Ces lueurs de succès qui brillent dans la nuit
Pour éclairer encor de vaines espérances ;
Ces noires trahisons ces lâches défaillances,
Et ces transactions secrètes ; ces complots,
Ces aspirations ardentes au repos,
Ce découragement de la France épuisée,
Cette couronne enfin conspuée et brisée !
Et maintenant passons vite à Fontainebleau

Où va se dérouler le lugubre tableau
Des adieux d'un héros à ses compagnons d'armes
Qui tombaient à ses pieds et qui fondaient en larmes.
Nous avons avec vous parcouru l'univers,
Disaient-ils, nous voulons partager vos revers.
Cette scène sans nom, sublime et déchirante,
Était tout à la fois pénible et consolante,
Car dans l'antiquité l'histoire n'offre pas
Un pareil général ni de pareils soldats.
« Que le grand souvenir de nos gloires passées
« Apporte un peu de baume à nos aigles blessées,
« Mais soumis au destin cruel, impérieux,
« Soldats! Du fond du cœur je vous fais mes adieux.
« Pour la première fois, hélas! si ma voix tremble,
« C'est que depuis vingt ans que nous sommes ensemble,
« Je suis content de vous qui n'avez pas quitté
« Un seul jour la devise : Honneur, fidélité.
« Mais ligués contre moi tous les rois de l'Europe,
« Ont formé le cordon de feu qui m'enveloppe,
« Et de mes généraux, c'est là mon désespoir,
« Quelques-uns ont trahi la France et leur devoir;
« Et la France elle-même au courant entraînée
« Cherche pour l'avenir une autre destinée.
« Sans doute j'aurais pu tenir encore avec
« Des braves comme vous, l'univers en échec,
« Mais la France eût subi des épreuves nouvelles.
« A votre nouveau roi, soldats, soyez fidèles;
« Oubliez désormais comme moi vos griefs,
« Soyez toujours soumis envers vos nouveaux chefs,
« Et n'abandonnez pas notre chère patrie

« Tombée en combattant, envahie et meurtrie.
« Ne plaignez pas mon sort, car lorsque je saurai
« Que vous êtes heureux, moi-même le serai.
« J'aurai pu mourir, mais pour servir votre gloire
« Il me fallait encore écrire votre histoire,
« C'est afin d'acquitter cette dette d'honneur
« Qu'à regret j'ai voulu survivre à mon malheur....
« Je ne puis embrasser chacun de vous, j'embrasse
« Le brave général Petit à votre place.
« Venez, mon général, venez, que l'empereur
« Pour la dernière fois vous presse sur son cœur !
« Votre aigle glorieuse est là, qu'on me l'apporte,
« Que je l'embrasse aussi car elle n'est pas morte !
« Ah ! puisse ce baiser par l'écho répété
« Retentir à jamais dans la postérité !
« Adieu donc mes enfants, mes vœux loin de la France
« Vous accompagneront toujours ; bonne espérance !
« Restez dignes de vous, pensez à l'avenir,
« Et de votre empereur gardez le souvenir ! »
Du fond de l'île d'Elbe il trame, il organise
Son expédition, fabuleuse entreprise.
Enfin il part ; à peine a-t-il pris son élan,
Même avant d'être entré dans le golfe Juan,
(C'était le premier mars), que du haut de la hune
Du frêle esquif qui tient César et sa fortune,
Il sème et livre au vent sa proclamation
Qui va jeter l'Europe en stupéfaction.
Aux yeux de ses soldats que sa voix encourage
Des fastes de l'empire il évoque l'image,
Et puis pour annoncer son triomphant retour

Ses aigles devant lui le précèdent d'un jour.
« Soldats, j'ai dans l'exil au milieu du silence
« Entendu votre voix et les vœux de la France....
« Si nous avons été mutilés, envahis,
« Nous n'avons pas été vaincus... mais bien trahis.
« Nous devons sans regrets comme sans amertumes
« Oublier pour toujours ce qu'autrefois nous fûmes,
« Mais nous ne devons pas souffrir que l'étranger
« Se mêle de nous suivre ou de nous diriger.
« Et qui donc oserait en nous voyant paraître
« Prétendre insolemment être chez nous le maître ?
« Nos aigles d'Austerlitz, d'Eylau, du mont Thabor
« Et d'Iéna, soldats, nous guideront encor !
« Les vétérans du Rhin, d'Egypte et d'Italie,
« Sont trop fiers et trop grands pour qu'on les humilie....
« Venez donc vous ranger autour de mon drapeau
« Qui mène à la victoire.... Et l'aigle, noble oiseau,
« Portera les couleurs que la France réclame
« De clocher en clocher aux tours de Notre-Dame !...
Le vingt mars il arrive à Paris vers la nuit,
Dans le palais que quitte à peine un roi qui fuit,
Aux acclamations d'un peuple qu'électrise
L'audacieux succès d'une telle entreprise.
Le lendemain il range en face du château
La vieille garde autour de son ancien drapeau.
Il lui présente là le bataillon fidèle
Des compagnons d'exil qu'il confond avec elle.
Quelle adresse, quel art, quelle gradation
Dans cette merveilleuse improvisation !
« Chez les braves, soldats, jamais le cœur ne change ;

« Voilà les officiers de la noble phalange
« Qui voulut en exil partager mon malheur;
« Auprès de ces amis tous si chers à mon cœur
« Il me semblait revoir, ô France bien-aimée,
« Les divers régiments de notre grande armée,
« Car ils étaient sortis de tous les régiments
« Ces six cents compagnons fidèles aux serments.
« Ils me représentaient la glorieuse histoire
« Des beaux jours dont le monde a gardé la mémoire,
« Car ces dignes guerriers de blessures couverts
« Ont avec moi vingt ans parcouru l'univers.
« En les aimant, c'est vous tous soldats de la France,
« Que j'aimais..... Oui vous tous mon unique espérance.
« Que les aigles toujours servent de ralliement;
« Je veux les confier à votre dévouement,
« Et si je les remets à la garde, personne
« N'ignore que c'est bien à tous que je les donne;
« Des malheurs inouïs, la trahison, le deuil,
« Les voilaient hier encor d'un funèbre linceuil,
« Mais grâce au peuple ainsi qu'à mes troupes fidèles,
« Elles ont reparu plus fières et plus belles.
« Jurez qu'elles iront dans l'intérêt de tous,
« Partout où la patrie aura besoin de nous!
« Que les envahisseurs, les traîtres, les rebelles,
« Honteux baissent les yeux, et tremblent devant elles!»
Pour bien analyser cette allocution
Et pour faire sentir la situation
Et toutes les beautés que ce morceau résume
Une plume exercée emploierait un volume.
Quand peu de jours après il parle au Champ de Mars,

Ce n'est plus de succès, d'aigles ni d'étendarts;
Mais voyant dans l'enceinte où le peuple se presse,
Le corps législatif, il exalte, il caresse
Avec émotion et le plus vif entrain,
Les nobles sentiments du peuple souverain.
Son langage énergique et caressant, remue
Jusques au fond de l'âme, une assemblée émue.
« Général, empereur, du peuple je tiens tout
« Et c'est le sang du peuple en mes veines qui bout!
« Heureux ou malheureux au plus fort de la guerre,
« Sur le trône, en exil, captif de l'Angleterre,
« Je n'eus qu'un seul mobile, un unique désir :
« Travailler au bonheur de la France, ou mourir.
« Je me suis dévoué comme ce roi d'Athènes,
« Dans l'espoir de laisser ses frontières anciennes
« A ma chère patrie, et tant j'avais à cœur
« De conserver intacts ses droits et son honneur.....»
Voulant faire oublier aux chambres leurs querelles,
Comme un médiateur il se rend auprès d'elles,
Et les conjure au nom du pays en danger
D'unir tous leurs efforts pour chasser l'étranger :
« N'imitons pas l'exemple ou plutôt le délire,
« Qu'offre l'aveuglement fatal du bas-empire
« Qui par les ennemis pressé de tous côtés
« Discutait gravement sur des futilités,
« Et qui passait son temps en un débat stérile
« Quand le bélier brisait les portes de la ville....
« Les grandes nations, les grands hommes, dit-il,
« Ont une autre attitude en face du péril. »
Du fatal dénouement le jour bientôt va poindre.

Il rappelle à l'armée en allant la rejoindre,
Que ses ennemis sont nombreux il est vrai, mais
Qu'elle doit les chasser sans les compter jamais;
Et que les nations voisines, en tutelle,
Vont secouer le joug, pour combattre avec elle
Sous le même drapeau les mêmes ennemis,
Et comme elle punir des crimes inouïs.
« Nous sommes, eux et nous, soldats, les mêmes hommes,
« Et nous serons demain ce qu'aujourd'hui nous sommes !
« Ces mêmes Prussiens si hautains aujourd'hui
« Devant vos étendards n'ont-ils pas toujours fui ?
« Iéna devrait bien calmer leur arogance !
« Et dans cette campagne admirable de France,
« Aux champs de Montmirail on sait que vous étiez
« A peine un contre trois et que vous les battiez.
« Oh ! que ceux d'entre vous victimes de la guerre,
« Qui furent entassés aux pontons d'Angleterre,
« Maltraités, presque nus, sans pain, chargés de fers,
« Vous fassent le récit des maux qu'ils ont soufferts !
« Les Belges, les Saxons, les soldats des provinces
« Du Rhin, ont en horreur de servir sous des princes
« Qui foulant sous leurs pieds la justice et les lois,
« Des peuples opprimés suppriment tous les droits. »
Et quand de Waterloo la fatale journée
Eut brisé pour toujours sa grande destinée,
Quand la fortune aveugle en un suprême effort
Eut enfin à jamais décidé de son sort,
Lorsque de Wellington les hordes triomphantes
Se furent partagé nos dépouilles sanglantes
Et que l'Aigle blessée eut regagné les cieux,

Quels douloureux accents dans ses derniers adieux !
Il glisse, il se dérobe, il recule, il s'efface ;
C'est un ange déchu qui se voile la face :
Ce n'est plus le grand chef qui commande aux soldats,
C'est un ami qui parle et qui leur tend les bras ;
Ce n'est plus l'Empereur, mais c'est un camarade
Qui veut en les quittant leur donner l'accolade.
« Quoiqu'absent, exilé par un destin jaloux,
« Je resterai de cœur, soldats, auprès de vous.
« Si vous avez suivi mes pas jusqu'en Syrie,
« C'était par dessus tout pour servir la patrie.
« Avec vous si j'ai pu remplir ma mission,
« Et si j'eus quelque part à votre affection,
« Je le dois à l'ardeur de mon amour sincère
« Pour la France, à toujours notre commune mère.
« Encor quelques efforts, tenez-le pour certain,
« La coalition, soldats, aura pris fin.
« Aux coups qui la feront tomber et disparaître,
« Napoléon saura de loin vous reconnaître ! »
C'en était fait : comme un cerbère vigilant
Sur le Bellérophon, l'implacable Maitland,
Ivre de vanité de vengeance et de joie,
Aux eaux de Rochefort guettait déjà sa proie.
Fidèle aux sentiments nobles et généreux,
Naïf comme le sont les héros malheureux,
Oublieux de la ruse et de la foi-punique,
Napoléon se livre au geolier Britannique,
C'est du Bellérophon que l'illustse proscrit
En toute confiance au régent écrivit
Simplement, noblement, cette admirable lettre

Que les vents ni les flots ne feront disparaître :
« Altesse,
« Mon pays en butte aux factions
« Comme à l'inimitié des grandes nations,
« M'impose le devoir, devoir patriotique
« De finir à jamais mon rôle politique,
« Et comme Thémistocle auprès de vous je viens
« Réclamer un asile à vos concitoyens ;
« Je quitte sans regrets le pouvoir que j'abdique
« Pour m'assoir au foyer du peuple britannique.
« Je me mets sans réserve et de mon libre choix
« Sous la protection certaine de ses lois,
« Qu'en ce jour douloureux sans crainte et sans faiblesse
« Confiant je réclame ici de votre altesse
« Comme du plus puissant vainqueur de mon pays,
« Et du plus généreux de tous mes ennemis ! »
Ainsi devaient parler sans faiblesse et sans haines
Tous les grands citoyens et de Rome et d'Athènes,
Quand frappés d'ostracisme, illustres passagers,
Ils allaient demander asile aux étrangers.
Je pourrais m'arrêter au point où nous en sommes,
Chers lecteurs ! Mais on quitte à regrèt les grands hommes
Vivants, bannis ou morts, j'ai le désir surtout
De vous faire admirer celui-ci jusqu'au bout.
Dans sa triste prison sur un roc solitaire,
L'imagination refoulée en arrière
Lui faisait voir encor l'avenir souriant
Des beaux jours d'autrefois d'Égypte et d'Orient :
« J'aurais beaucoup mieux fait, se plaisait-il à dire,
« De rester en Égypte et d'y fonder l'empire.

» Il faut à l'Arabie un homme qu'elle attend,
« J'y passais, entouré d'un prestige éclatant.
« Avec mes grenadiers, redoutable phalange,
« Je pouvais conquérir les deux rives du Gange,
« L'Anglais aurait quitté les Indes en fuyant,
« Je serais aujourd'hui l'empereur d'Orient. »
Quand il passait la main sur sa face ridée
Il revenait toujours à cette grande idée :
« Saint Jean d'Acre enlevé, par Alep et Damas
« Vers l'Euphrate l'armée eut dirigé ses pas ;
« Elle eut en un clin d'œil soumis la Tartarie ;
« Druses, Arméniens et Chrétiens de Syrie
« Se seraient sous ma tente empressés d'accourir
« Et nous eussions ensemble atteint sans coup férir
« Bysance qui se mire au Bosphore de Thrace,
« Les Indes, et du monde entier changé la face. »
Puis quand la liberté qu'il eut du servir mieux,
Plus belle que l'Empire, eut fait luire à ses yeux
Une étoile nouvelle, il s'écriait :
« La France
« Saura se relever, j'en garde l'assurance ;
« La révolution française que j'aimais,
« Va conquérir le monde et régner à jamais,
« Ses lois, ses vérités si grandes et si belles,
« Nous avons pour toujours su les rendre immortelles
« En les couvrant de lustre, en les entrelançant
« De prodiges nombreux scellés de notre sang !
« Et dans des flots de gloire aux sources les plus pures
« Nous en avons lavé les premières souillures.
« Elles sont le flambeau des siècles à venir,

Rien ne peut les briser, rien ne peut les ternir.
« Si la tribune fut leur première origine,
« Dans le sang des combats elles ont pris racine,
« La victoire les a couvertes de lauriers
« Et les peuples les ont admises les premiers,
« Enfin par les traités dument sanctionnées
« Elles protègeront toujours nos destinées.
« Elles sont en honneur aux rives d'Albion,
« L'Amérique s'éclaire à leur divin rayon.
« Voilà le vrai trépied où la Sibylle gronde
« Et d'où rejaillira la lumière du monde. »
Illustre infortuné! Les vagues de la mer
Apportaient à son âme un souvenir amer,
Il revoyait sans cesse, en un lointain mirage,
De son berceau natal la douloureuse image.
« Mes beaux jours, disait-il, sans doute sont passés,
« Mais quels doux souvenirs la Corse m'a laissés!
« De ses sites joyeux qu'au matin le ciel dore,
« De ses monts, de ses vals, oui je jouis encore.
« Je la sens, je la foule et je la reconnais
« A la suave odeur qu'exhalent ses forêts. »
S'il sommeillait rêveur en un coin solitaire,
Devant ses yeux flottaient des images de guerre.
« Retournez en Europe, amis, allez revoir
« Vos familles, soyez heureux c'est mon espoir;
« Et moi je reverrai sous leurs faces bronzées
« Mes braves compagnons dans les Champs-Élysées.
« Oui, Bessières, Kléber, Berthier et Masséna,
« Duroc, Murat, Desaix, Ney qu'on assassina,
« Viendront à ma rencontre, et ces âmes si belles

« Seront folles de joie en me voyant près d'elles.
« Nous causerons de guerre avec Spicion, César,
« Annibal, Frédéric, à moins que par hasard,
« Disait-il plaisamment, par là-bas on ne tremble
« De voir tant de guerriers se concerter ensemble. »
Parfois dans son délire, il se croyait encor
En Italie et prêt à prendre son essor.
Il lui semblait ouïr le tambour, on m'appelle,
S'écriait-il : « Steingel, Masséna, vite en selle,
« Desaix, courez, prenez la charge, ils sont à nous ! »
Tantôt il se livrait aux pensers les plus doux,
Tantôt il parlait seul, de conquêtes, de guerres,
Et Tantôt il dictait haut, à ses secrétaires,
Tantôt il écrivait sur de simples feuillets
Les plus menus détails d'homériques projets,
Ses glorieux exploits, ses victoires passées,
Sa mission divine et toutes les pensées
Qui s'échappaient à flots par bonds et par fragments
De son âme trop pleine en ses derniers moments.
« Aux rois coalisés, la terreur que j'inspire
« Fera jusqu'à ma mort prolonger mon martyre,
« Et nouveau Prométhée on me tient enchaîné
« Sur ce roc où me ronge un vautour acharné.
« Oui j'avais dérobé jeune et plein d'espérance,
« Un jour le feu du ciel pour en doter la France,
« Mais je fus imprudent et ce feu me brûla,
« Puis il a regagné sa source, et me voilà !
« L'amour immodéré de la gloire ressemble
« A ce pont que Satan qui sous l'œil de Dieu tremble,
« Jeta sur le chaos comme un fil suspendu

« Pour passer de l'enfer au paradis perdu.
« L'avenir incertain et le passé sublime
« Quoiqu'ils soient séparés par un immense abime
« Sont unis par la gloire, invisible chainon.
« Rien à mon pauvre fils, hélas! rien que mon nom! »
  Dans les fréquents accès de sa mélancolie
Il répétait souvent d'une voix affaiblie :
« Oui pour éterniser son rôle de bourreau
« L'Europe me repousse au-delà du tombeau;
« Quand je ne serai plus, qu'elle m'ensevelisse
« Sous ces saules pleureurs que le lierre tapisse,
« Auprès de cette source où mon regard mourant
« Peut entrevoir encor les traits d'un conquérant! »
  Mais ce n'était pas là sa dernière espérance,
Ni le dernier regard qu'il jetait vers la France;
Avant de comparaître à la face de Dieu
Pour la patrie absente il fit ce dernier vœu :
  « Plaise à Dieu, disait-il, que ma cendre repose
« Sur les bords que la Seine en murmurant arrose,
« Je n'ai plus qu'un désir, celui d'être inhumé
« Près du peuple français, lui que j'ai tant aimé! »
  Voilà l'inscription aussi simple que belle
Dont il fallait couvrir sa dépouille mortelle,
La seule qu'on devait mettre pieusement
Sur les drapeaux en deuil de chaque régiment,
Sur les mâts du vaisseau que commandait Joinville,
Sur les arcs de triomphe et sur le péristyle
Des invalides, sur la Corse son berceau
Et sur le marbre enfin qui couvre son tombeau.
  Plus il s'enfoncera dans l'ombre de l'histoire

Plus aussi ce tombeau rayonnera de gloire.
Le grand dévastateur qu'on nomme un conquérant
Est comme une montagne, et son image prend
D'autant plus de grandeur et de gloire imprévue
Qu'elle s'éloigne plus de notre faible vue,
Et que seule bravant la noire trahison
Elle plane aux confins d'un lointain horizon.
  Mais nous de cette optique infidèle et flatteuse
Tâchons de surmonter l'illusion trompeuse,
Voyons Napoléon comme avec équité
Les sages le verront dans la postérité.
  Homme d'État, sentant sa force et son génie
De trop d'ambition son âme était nourrie
Pour quitter le pouvoir et régner sous la loi
D'un maître quel qu'il fût, parlement peuple ou Roi.
  Homme de guerre, il est enfin tombé du trône
Non pour avoir voulu conserver la couronne
Au lieu de restaurer la légitimité,
Ni même pour avoir, fils de la liberté,
Etouffé sans pitié la liberté, sa mère,
Mais bien parce qu'il a succombé dans la guerre.
Il ne pouvait pas être un Monck un Washington
Par la simple raison qu'il fut Napoléon.
  La force d'un principe édifia son trône,
L'abus de ce principe a brisé sa couronne.
C'est ainsi que l'on voit commencer et finir
Tous les pouvoirs humains qui rêvent l'avenir.
  Nul n'avait avant lui d'aussi haut pu descendre;
Plus grand que Charlemagne et plus grand qu'Alexandre
De la gloire atteignant le dernier échelon

A son siècle, comme eux, il a laissé son nom.
Conquérant, il fonda comme eux un vaste empire,
Comme eux il décréta des lois que l'on admire.
Sa mémoire envahit et remplit l'univers,
Elle vit chez l'Arabe au delà des déserts,
Confiée aux canots des peuplades sauvages,
Elle apparait et brille aux plus lointains rivages.
La Révolution française qui donna
Kléber, Hoche, Desaix, Lannes, Ney, Masséna,
Et qui, comme un torrent, bouleversa le monde,
N'a, de tant de héros dont son histoire abonde,
Et qu'à son char vainqueur superbe elle attela,
Retenu qu'un seul nom, et ce fut celui-là.
Les soldats au bivouac, l'œil au guet dans la plaine,
Ne s'entretiennent pas d'un autre capitaine,
Et s'ils passent en ville ils ne cherchent des yeux
Que son image seule, objet de tous leurs vœux.
Quand aux jours de juillet, le lion populaire
Eut brisé sous ses pieds un trône séculaire,
Des soldats-ouvriers les chefs improvisés
Redressaient nos drapeaux par la victoire usés,
C'étaient les vieux drapeaux tout souillés de poussière
Qu'avait connus jadis l'Europe toute entière,
Les drapeaux surmontés de l'Aigle qui plana
Sur les champs d'Austerlitz, de Wagram, d'Iéna,
Et non ceux qui flottaient à Fleurus, à Jemmape;
C'étaient les vieux drapeaux qui d'étape en étape,
Volèrent tour à tour de Lisbonne à Berlin,
De Berlin jusqu'à Rome et de Rome au Kremlin,
Et non ceux dont un jour d'allégresse suprême

La France aux champs de Mars a fêté le baptême.
Le drapeau qu'on choisit fut donc le vieux drapeau
Qui, de balles criblé, tombait à Waterloo,
Et qu'à Fontainebleau l'affaire consommée
L'empereur en pleurant remettait à l'armée,
Celui qu'à Sainte-Hélène, O fidèle Bertrand,
Tu pris pour ombrager le héros expirant,
C'était enfin, c'était en un mot, pour tout dire,
Le drapeau qu'on aimait, le drapeau de l'empire !
  Lui, lui cet homme ! a fait tomber l'illusion
Du peuple pour le sang des Rois, Napoléon
En chassant devant lui ces majestés, que dis-je,
En les humiliant, a brisé leur prestige,
Mais il a relevé le peuple en lui montrant
Les rois issus des rois aux pieds d'un conquérant
Issu du peuple. Il a malgré son origine
Populaire, régné par la grâce divine.
Il a porté si haut l'éclat de ses grandeurs,
Que tous les potentats, les rois, les empereurs
Par les temps investis d'un divin sacerdoce,
Passaient inaperçus auprès de ce colosse !
  Silence, arrêtons-nous : car la postérité
Qui commence pour lui, lui doit la vérité ;
J'entends déjà gronder une voix plus sévère,
Et je crains que l'histoire, incorruptible mère,
Et juge impartial ne marque d'un fer chaud
Les pièces du procès et ne dise bien haut :
  Il était empereur avec la République,
Il prit furtivement le pouvoir despotique,
Et bravant le mépris de la postérité

Du peuple il détrôna la souveraineté.
Du poids de son épée il faussa la balance
Que la loi devant lui tenait en permanence.
Implacable despote il mit sous les verroux
Toutes les libertés qui naissent avec nous.
Il créa la censure, il baillonna la presse.
Il brava le jury qu'il conduisit en laisse;
Il viola le droit et maintint sous ses pieds
Les grands corps de l'état, soumis, humiliés.
Son indiscible orgueil mit en coupes réglées
Les générations par sa gloire aveuglées;
Il dépeupla les bourgs les champs les ateliers,
Et dans des flots de sang il cueillit ses lauriers;
Sur le militarisme il greffa, non sans peine,
Une noblesse à lui, pire que l'ancienne,
Laquelle au moins portait haut avec dignité
Son blason, son prestige, et son antiquité.
Il leva des impôts arbitraires. Nous fûmes
Dans ses mains, le métal qu'on bat sur les enclumes
Comme Louis quatorze il dit : l'état c'est moi ;
Mon caprice est le droit, ma volonté la loi.
Paris, nos monuments et nos champs Élysées,
Nos flottes, nos soldats, nos palais, nos musées,
Nos personnes, nos biens, nos lois, nos magistrats,
Il accapara tout dans ses robustes bras.
Il fit au genre humain d'horribles funérailles,
Il traîna le pays de bataille en batailles
Où nos brillants succès, nos cadavres, notre or
Sont les seuls souvenirs qu'on y conserve encor.
Enfin après avoir, planète vagabonde,

Soumis et subjugé tous les peuples du monde,
Assiégé Cadix et tenu dans sa main
Redoutable, les clefs de Vienne et de Berlin,
De Naples, de Madrid, de Rome et de Médine,
Et campé dans Moscou que brûla Rostopchine,
Il a rendu la France épuisée, aux abois,
Appauvrie, et beaucoup moins grande qu'autrefois.
Ah! si j'ai trop vanté peut-être dans ces pages
Cet homme né despote au milieu des orages,
Qui fit à mon pays tant de bien, tant de mal,
Dont toujours la mémoire, éblouissant fanal,
Eclaire l'atelier, le palais, la chaumière
Et dont je confondais le nom si populaire
Avec l'honneur, l'espoir et la prospérité
De ma chère patrie et de la liberté;
Si ses brillants exploits, l'orgueil de ses conquêtes
Ont trop ravi les cœurs, trop exalté les têtes,
Si de sa gloire enfin les rayons inouïs
Ont jeté trop d'éclats à mes yeux éblouis,
Du moment, liberté, que j'ai senti ta flamme
Et que ton souffle pur s'est fait jour dans mon âme,
C'est toi que j'ai suivie avec fidélité,
Sans peur, sans défaillance, ô sainte liberté;
C'est pour toi que je prie et pour toi que je pleure,
Toi que je veux servir jusqu'à ma dernière heure;
Toi, seule passion des cœurs bons, généreux,
Seul et dernier espoir des peuples malheureux,
Ange consolateur, trésor digne d'envie,
Et qu'une main de fer étouffe à Varsovie!
Toi qui sais préférer au héros passager,

Les principes sacrés qui ne peuvent changer,
A la brutalité de la force en démence,
Les victoires de l'âme et de l'intelligence;
Toi la mère de l'ordre et que tes contempteurs
Eternels ennemis de tes nobles couleurs,
Voudraient si volontiers coiffer du bonnet rouge
Que t'offre l'anarchie en grognant dans son bouge;
Toi qui tiens pour égaux, quels que soient leurs moyens,
Tous les peuples du monde et tous les citoyens,
Et sans distinction tous les hommes pour frères;
Toi qui places les lois au fond des sanctuaires
Où la main du pouvoir ne pénètre jamais;
Toi qui veux l'homme libre, et qui ne reconnais
Qu'au juge responsable une force légale
Et qu'à la vertu seule une force morale;
Toi qui vois sous tes yeux, calme au milieu du bruit
Paraître et disparaître un empire qui fuit
Comme un nuage noir qui, la nuit, sous ses voiles,
Cache pour un instant la splendeur des étoiles;
Toi qui luis à travers les barreaux des prisons
Comme un phare éclairant des meilleurs horizons;
Toi que l'esclave invoque et le sage désire,
Que le tyran redoute et la tombe soupire;
Toi qui feras entendre à l'Europe, ta voix
Si douce, pour charmer les peuples et les rois;
Toi qui verras tomber devant toi les barrières
Qui parquent chaque peuple en fermant ses frontières,
Les tribunaux secrets et les prisons d'état,
Les échafauds, le bagne où grouille le forçat,
Les chartes la censure et tous les monopoles,

Les traitres, les flatteurs et les rois leurs idoles,
Les titres, les grandeurs, les emplois superflus,
Et tous les vains appas des pouvoirs absolus;
Toi qui voudras sceller, malgré la différence
De langues et de mœurs, une sainte alliance
Entre les nations par la fraternité,
Au nom de l'intérêt et de la dignité,
Du repos du bonheur et de l'indépendance,
Toi qui voudras sceller cette noble alliance;
Toi qui revois toujours d'un œil indifférent
Les succès d'un soldat qu'on nomme un conquérant,
Qui méprises la gloire et les conquêtes vaines
Et les fausses grandeurs des plus grands capitaines,
Et qui ne descends pas du ciel pour opprimer
Mais bien pour délivrer, embellir et charmer;
Toi qui sais apaiser la foule qui renverse,
Inspirer les beaux arts, féconder le commerce;
Toi qu'on ne peut servir qu'au mépris de la mort
Et qu'on ne peut surtout aimer qu'avec transport;
Toi le premier amour de l'âme qui palpite
Et le sublime adieu du vieillard qui nous quitte;
Toi sainte liberté, reine de l'univers,
Qui conduiras, après avoir brisé leurs fers,
Les derniers malheureux et les derniers esclaves
Avec des chants de gloire et des hymnes suaves,
Des couronnes au front des palmes à la main,
Au funèbre convoi du despotisme humain!

Lille Imp. L. Danel.

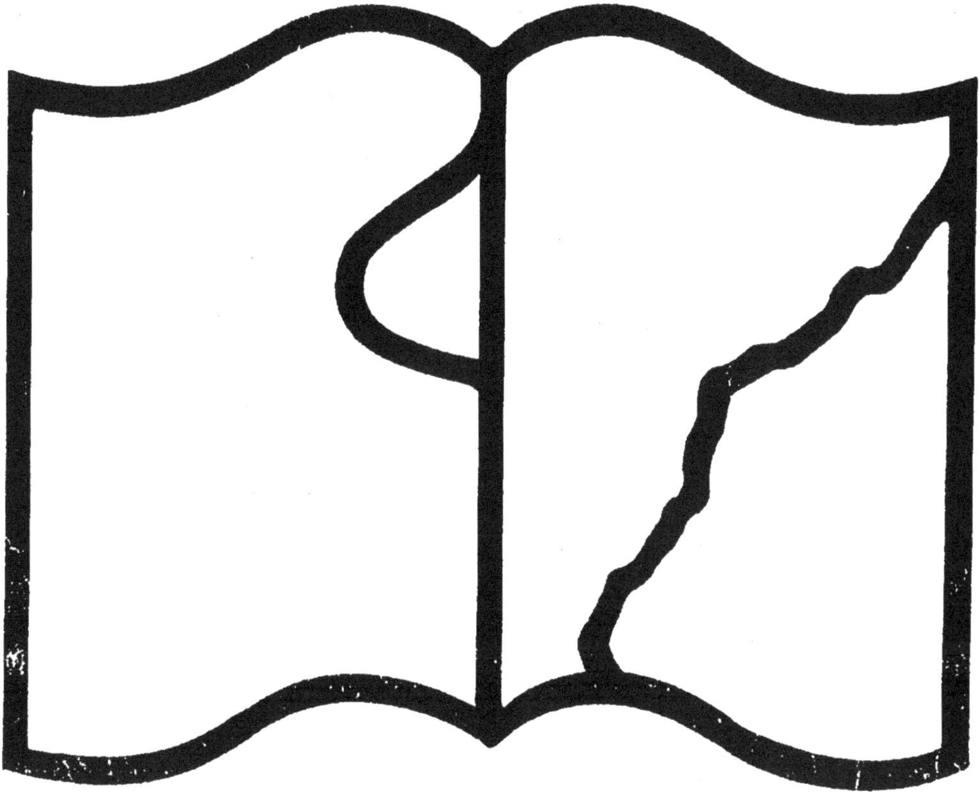

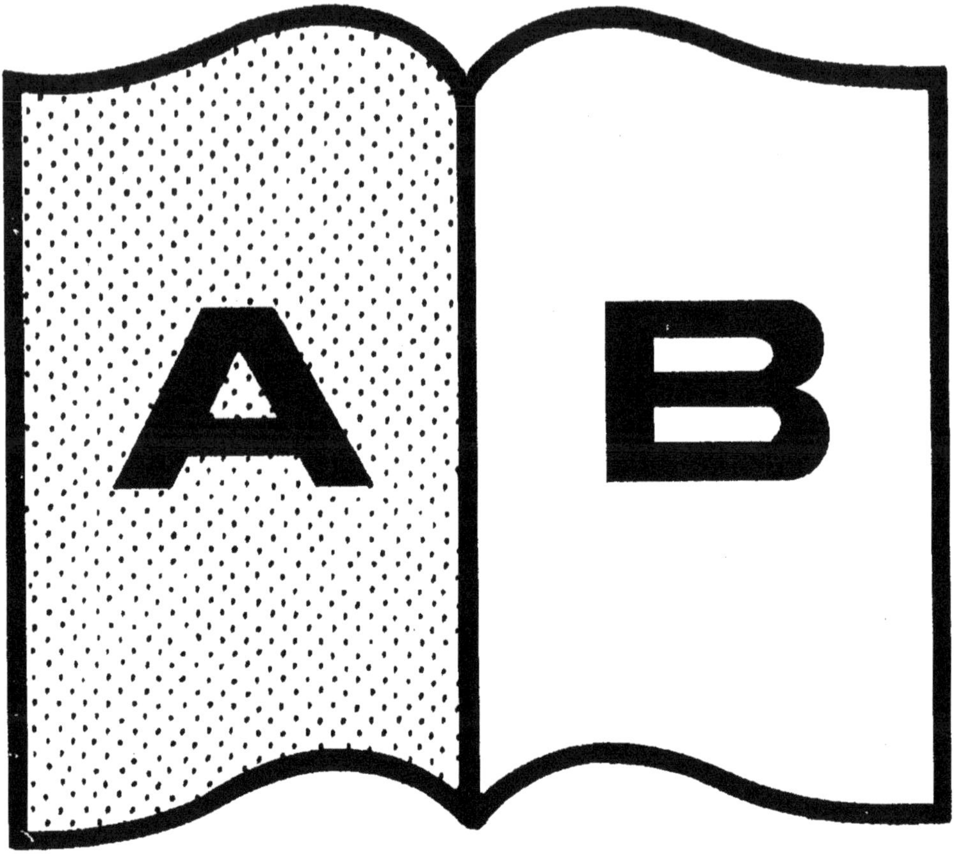

Contraste insuffisant

NF Z 43-120-14

www.ingramcontent.com/pod-product-compliance
Ingram Content Group UK Ltd.
Pitfield, Milton Keynes, MK11 3LW, UK
UKHW031956260826
14628UKWH00005B/2086

9 782013 269384